國家圖書館出版品預行編目資料

樹媽媽／葉維廉著；陳璐茜繪.－－初版二刷.－－臺北市；三民，2003
面；　公分－－(兒童文學叢書. 小詩人系列)

ISBN 957-14-2230-4　(精裝)

859.8　　85003937

網路書店位址　http://www.sanmin.com.tw

© 樹　媽　媽

著作人　葉維廉
繪圖者　陳璐茜
發行人　劉振強
著作財產權人　三民書局股份有限公司
臺北市復興北路386號
發行所　三民書局股份有限公司
地址／臺北市復興北路386號
電話／(02)25006600
郵撥／0009998-5
印刷所　三民書局股份有限公司
門市部　復北店／臺北市復興北路386號
重南店／臺北市重慶南路一段61號
初版一刷　1997年4月
初版二刷　2003年10月
編　號　S 853071
定　價　新臺幣貳佰捌拾元整
行政院新聞局登記證局版臺業字第〇二〇〇號

ISBN　957-14-2230-4　(精裝)

兒童文學叢書
・小詩人系列・

樹媽媽

葉維廉／著
陳璐茜／繪

三民書局

詩心・童心

——出版的話

可曾想過，平日孩子最常說的話是什麼？

「媽！我今天中午要吃麥當勞哦！」「可不可以幫我買電視上廣告的那種電動玩具！」「我好想要百貨公司裡的那個洋娃娃！」

乍聽之下，好像孩子天生就是來討債的。然而，仔細想想，這些話的背後，絕不只是貪吃、好玩而已；其實每一個要求，都蘊藏著孩子心中追求的夢想——嚮往像童話故事中的公主般美麗、令人喜愛；嚮往像金剛戰神般的勇猛、無敵。

為了滿足孩子的願望，身為父母的只好竭盡所能的購買，但孩子們總是喜新厭舊，剛買的玩具，馬上又堆在架子上蒙塵了。為什麼呢？因為物質的給予終究有限，只有激發孩子源源不絕的創造力，才能使他們受用無窮。「給他一條魚，不如給他一根釣桿」，愛他，不是給他什麼，而是教他如何自己尋求！

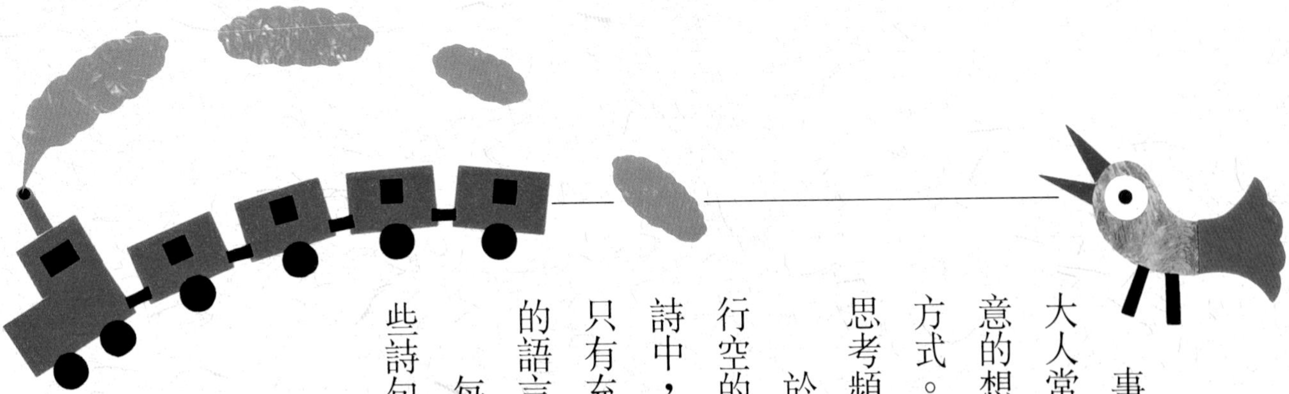

事實上，在每個小腦袋裡，都潛藏著無垠的想像力與無窮的爆發力。大人常會被孩子們千奇百怪的問題問得啞口無言；也常會因孩子們出奇不意的想法而啞然失笑；但這種不規則的邏輯卻是他們認識這個世界的最好方式。而詩歌中活潑的語言、奔放的想像空間，應是最能貼近他們跳躍的思考頻率了！

於是，我們出版了這套童詩，邀請國內外名詩人、畫家將孩子們天馬行空的想像，熔鑄成篇篇詩句；將孩子們的瑰麗夢想，彩繪成繽紛圖畫。詩中，沒有深奧的道理，只有再平常不過的周遭事物；沒有諄諄的說教，只有充滿驚喜的體驗。因為我們相信，能體會生活，方能創造生活，而詩的語言，也該是生活的語言。

每個孩子都是天生的詩人，每顆詩心也都孕育著無數的童心。就讓這些詩句在孩子的心中埋下想像的種子，伴隨著他們的夢想一同成長吧！

寫在前面

三十年前新做爸爸的時候便許下一個願：要給中國的孩子們一份禮物，找十來個詩人為孩子們寫一、二十本想像活躍、語言新鮮的童詩集，再找一些有心的畫家畫些活潑的插畫，獻給孩子們。

在我兩個孩子在美國成長的時期，每天晚上，我都為他們讀一些外國的童詩，其中有很多很多，想像空間非常廣闊，真是無阻無礙，有時讓音韻引路，連鎖放射出串串奇思妍境，有時讓意象連生，開出許多縱橫翔遊的樂趣。相對的，中國許多兒童讀物往往是鎖死在「如何做人」的寓言和歷史故事裡。

給孩子們一份禮物，是要救救那些被「填鴨子」教育卡得死死的孩子們。我們的教育從一開始便設有種種「框框」，訓以大義，兒童故事每以「孟母三遷」、「梁紅玉」之類硬要把他們裝在思想的「箱子」裡，把他們原有的活活潑潑的神思，飛躍的想像，心靈自由的空間減縮逐滅到蕩然無存，正如我在一篇散文裡說的：「走出箱子一樣的房間，脫下箱子一樣的鞋子……把身體從一個無形的罐頭裡抽出來……我們的身體仍然是一個箱子，因為我們的心靈也是一個方方正正的箱子。」

童詩系列的想法，正是要做個「在野黨」，不做「框框」的玩意兒，做「還其天真」、「還其心靈自由」的工作，引帶兒童作「橫越太空」之遊，重新激發他們一直擁有而被打壓下去的飛躍的想像。兒童之可愛，就是在加上文化的枷鎖之前，他們自由自在的跳舞和歌唱，進了學校，方之其方、正之其正之後，便不敢放懷跳舞，不敢放腔高歌。童詩系列的想法，正是要詩人們，利用他們想像和創作的經驗，如利用事件如畫的戲劇的演出，利用音樂音色和律動的推動，激發孩子們釋放潛藏在他們心中的奇思妙想，讓它們在心中腦中演出，讓他們能因之作神思的翔遊而帶動他們去發掘他們心中從未失去的詩的欲望和創作的潛力。

我的童詩集《樹媽媽》和《網一把星》就是這個構想下的嘗試，並希望更多的詩人和藝術家跟進，為孩子們打開更遼闊的藝術生活與經驗空間。

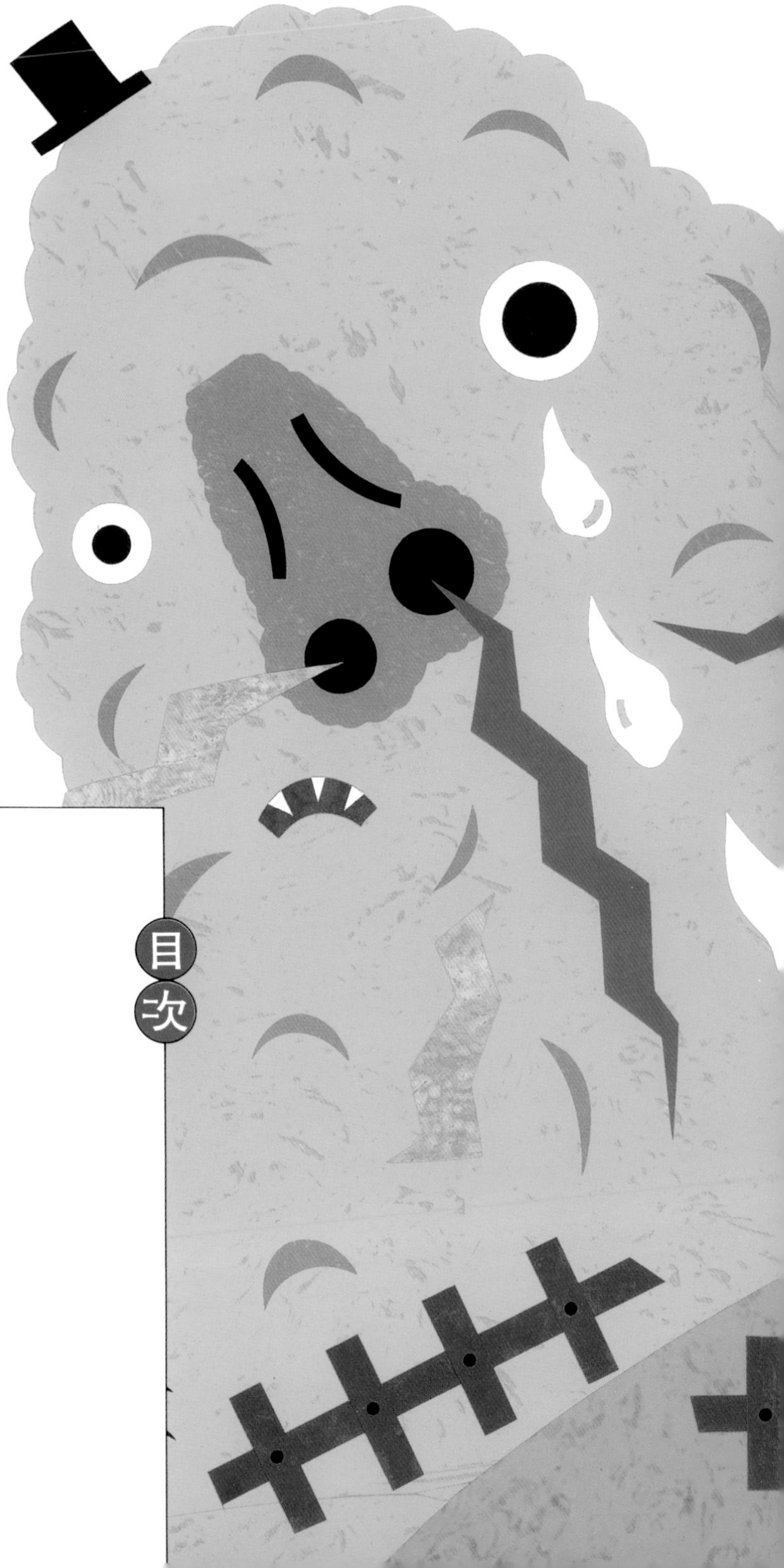

目次

樹媽媽

比太陽早起的媽媽

比太陽早起的媽媽
在豆小的油燈下
得得得得得
馬蹄一樣的快刀
切著白菜切著豆
在廚房半明半暗的角落下
嗞嗞喳喳
一把把帶水的菜
向油鍋裡灑
炒菜的鏟子上上下下
媽媽指揮棒的手上上下下

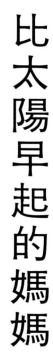

是叫喚我起床
最好聽的音樂
最好看的舞蹈

你也聽過這樣的音樂、
看過這樣的舞蹈嗎？
還有些其他什麼
比太陽起得更早呢？

樹媽媽

一大清早
在太陽還未醒來之前
一個人跑到地球的邊邊上
站在黑漆漆的天旁
去迎接太陽升起
第一個為我
投下一條最長最長的影子
在地上
畫下一條最長最長的黑線
一直伸到地球的另一個邊邊上

噢
不好了
不好了
地球醒來了
在陽光裡急急滾動了
快快快
地球的圓邊好滑
地球的圓邊好滑啊
不快快跑便要跌入天空裡啊
跌入天空裡啊
快快快
提起細小的腳步兩步作一步跑
兩步作一步跑啊

不好了
不好了
地球轉動得越來越快
越來越快啊

快快快
快快抱住前面那棵樹啊
不要跌入天空裡
不要跌入天空裡啊

快快快
到了到了
一把抱住那樹
一把抱住那樹
沒有跌入天空裡
沒有跌入天空裡

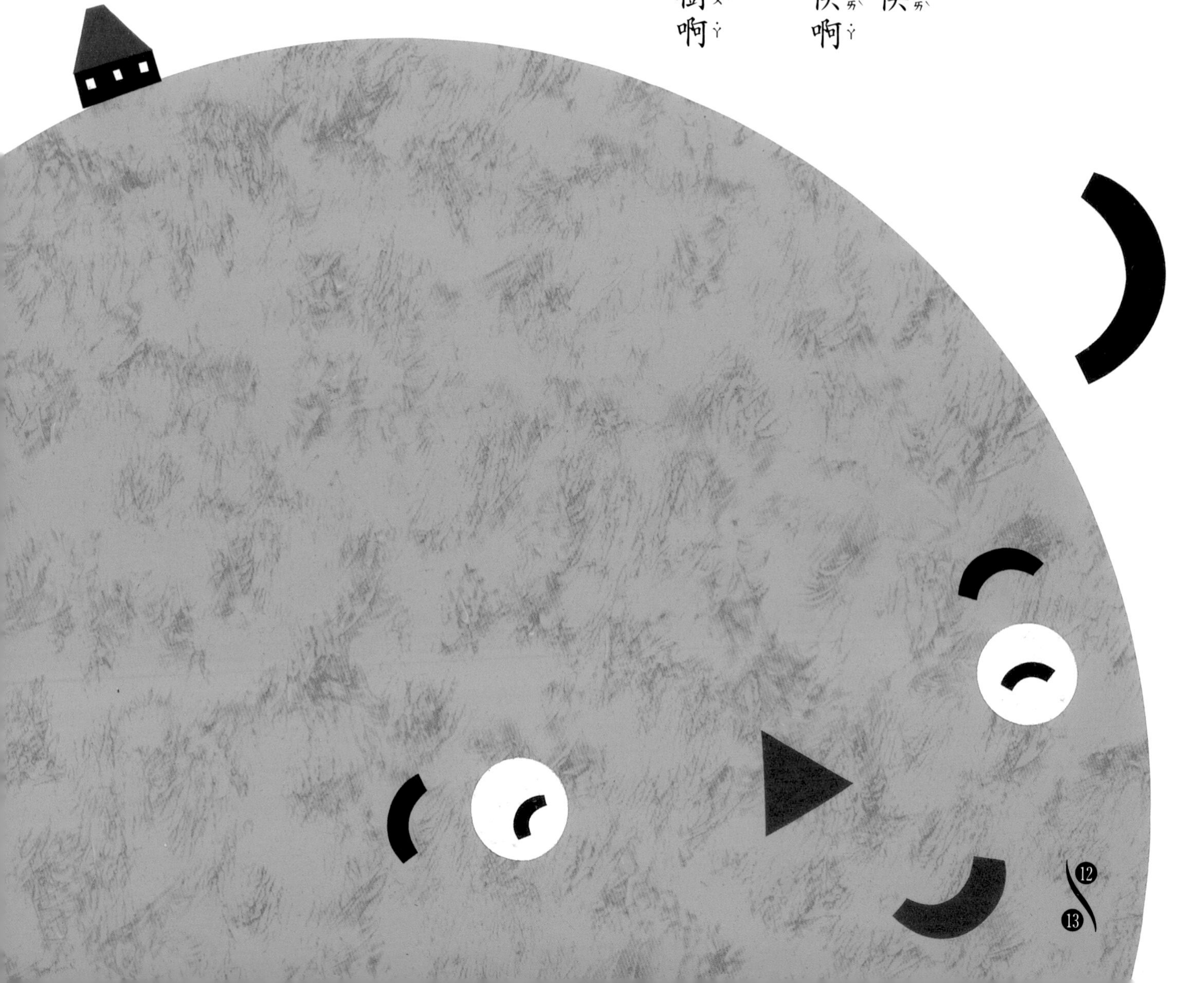

謝謝妳 樹媽媽
謝謝妳 樹媽媽

「乖乖，什麼事那樣慌張呢？
把媽媽的腿抱得那麼緊呢，乖乖？」

你是站在地球的中央呢？
還是站在邊邊上呢？如果
地球是圓的，像球一樣的圓，
你站在地球上的時候，
曾經怕滑入天空裡嗎？

春天跟著弟弟醒來了

春天跟著弟弟醒來了
微風跟著弟弟醒來了
鳥兒跟著弟弟醒來了
花兒跟著弟弟醒來了
好涼啊
一浪一浪的微風
好好聽啊
一浪一浪的鳥聲
好香啊
一浪一浪的花兒
我們走吧，你和我
我們走到山頂上
撥開山雲

脫光衣服
坦臥在山峰上
讓陽光的手指
彈我們一根一根的肋骨
一浪一浪的天風
一浪一浪的快樂

在春天，你和你的玩伴
都玩些什麼呢？
有些是看得見的浪，
有些是看不見的浪，
看不見但又感覺得到，
你可以列出一些看得見
和看不見的浪嗎？

春天的雨

春天的雨
像孩子們細細的手指
輕輕的觸摸著葉兒花兒
輕輕的觸摸著斜飛的燕子
輕輕的觸摸著游到水面張著嘴的魚兒

作者為什麼要說春天的雨
像孩子們的手指呢？
你可知道為什麼燕子要斜飛？
魚兒為什麼張著嘴游到水面？

春天來了

梅花著紅了
柳樹著綠了
一點點紅
一條條綠
閃亮閃亮
江南
江北
一路春下去

春不但是一個季節的名字，
春也是一種活動，
生長的活動，色彩的活動。
你讀到「一路春下去」的時候，
你腦中出現怎樣的
景物、顏色、活動？
試試用相似的方式
去想像和聆聽其他的季節。

打一把黃色的傘

來來來
你們一同來
打一把黃色的傘
打一把金色的傘
打一把綠色的傘
打一把青色的傘
打一把藍色的傘
打一把紫色的傘
打一把紅色的傘
來來來
你們一同來
打一把檸檬的傘

打一把金盞花的傘
打一把翡翠的傘
打一把青松的傘
打一把藍晶石的傘
打一把紫丁香的傘
打一把紅寶石的傘

草黃、淡黃、泥黃、金黃、紅黃的傘
楓紅、朱紅、金紅、煙紅、紫紅的傘
蔥青、樹綠、水藍、靛藍、紫藍的傘

在一片大草原上　等著
等著　等著
等著大風來　等著大風來一吹
像蒲公英那樣
隨風飛起
飛向藍天白雲裡
黃色的點、金盞花的點、翡翠的點
藍晶石紅寶石紫丁香的點……
點滿了一天的顏彩

草原上的傘像不像花朵？
那些繽紛的顏彩給你什麼感覺呢？
你可曾隨著飛揚的傘而飛揚？
那飛揚的感覺又代表了什麼？
想想看。
你有過其他顏色繽紛的經驗嗎？
寫寫看。

草綠的水

草綠的水
蘋果綠的水
薄荷酒綠的水
透明翠綠的水
閃閃生光藍中帶綠的水
來來來
讓穿紅裙的穿紅裙
穿紫衣的穿紫衣
穿黃褲的穿黃褲
戴花帽的戴花帽
披柳條絲巾的披柳條絲巾
來來來

讓我們站在水裡
把春水映成一道彩虹

前一首詩的舞臺是天空，
這一首是水，都充滿了顏彩。
你在其他的空間裡
有沒有找到其他的不同的顏彩？
想想看、寫寫看。映在水裡可以是虹，
也可以是雲彩，你想想天空裡、水裡
還有什麼樣的色彩組合。

先是一條蠻牛亂撞

先是一條蠻牛亂撞
然後是蠻牛撞入了教堂
不料教堂建在一條船上
而那船啊
搖搖盪盪在髮浪上
我們不去想
我們不去想
因為那頭髮啊
是屬於一個閉目凝神的小姑娘

連環的聯想——
一樣東西很快在腦子裡
轉變為另一樣東西——
帶動了這首詩的活動。
你有過這樣連環的聯想嗎？
寫出來看看。

甜的是

甜的是
夏日炎炎正好眠的夢，甜的也是
夢外的茉莉花叢
和花叢裡陽光閃爍的風
和風中穿飛的蜜蜂
嗡嗡嗡嗡
甜的是蜜蜂群中
夢裡夢外
忙著和蜜蜂起舞
在舞中忙著採蜜的阿爸和阿公

有味覺的甜，
如糖，如水果等；
有感覺的甜，
它們是什麼呢？
把它們找出來，
從這首詩裡，從你的記憶裡。
試用其他的味道，
仿這首詩的方式寫寫看。

水車

水車　水車
一桶水起
一桶水落

水車　水車
一桶星起
一桶星落

水車　水車
一桶光起
一桶光落

看看看
一桶水起
一桶星落
一桶星起
一桶光落
一桶光起
一桶水落
水車起
水車落……

作者注意到轉動的水車和光線的關係。
試從聲音去想想看、寫寫看。
「一桶星起、一桶星落」，
是什麼星呢？
牛郎星？織女星？
天狼星？北極星？……

火車

好長的一條火車
好長的一條游龍
翻山越水
出谷入谷
出洞入洞
你好！
東村！
你好！
西村！
好周到的禮貌
你好！
南城！

你好！
北城！
好耐心的脾氣
風來也笑
雨來也笑
陽光裡
陽光外
穿霧穿雲穿日穿夜
要把妳安全送到外婆橋

火車你常常看到，常常坐，
你覺得作者描寫的火車
和你經驗的有相似的地方嗎？
火車是一列移動的房子，
讓你坐得舒舒服服
看多彩多姿的山水城鎮人物？

彈簧鞋

彈簧鞋
彈簧鞋
你穿一雙
我穿一雙
一
二
三
你跳過月亮
我跳過太陽
一同落在後園的秋千上

孫悟空一個筋斗十萬八千里，
你有嚮往過這樣飛躍的能力嗎？
給你一雙這樣的彈簧鞋，
你想要跳過什麼呢？

坐在太陽的光芒上

讓我們把水池圍住
讓我們手牽手
把水池圍住
圍住一池的光
圍住一個太陽
坐在太陽的光芒上
轉轉轉
坐在太陽的光芒上
轉轉轉
轉入藍天裡

旋轉高升是生命的一種律動，
抓住那律動，
你便能作精神的飛翔，
作太空的飛翔。

水晶峰

給你一支陽光
給你一把劍
風馳
樹斷
劍起
石落
電擊
山裂
突然間
山頭上出現了
一座、兩座、三座
十座、一百座

巨大的
水晶峰
晶光閃閃
太陽
從這個水晶峰
跳到
那個水晶峰

金色的劍影
從這個水晶峰
跳到
那個水晶峰
好熱鬧啊
好熱鬧的一場太陽的舞蹈
好熱鬧的一場金劍的舞蹈
給你一支陽光
給你一把劍……

歐洲有兩個藝術家，
確曾想把石山切割成
晶光閃閃的水晶峰，
整個世界都在晶光奪目、
色彩瑰麗的舞蹈中，
你在陽光的跳動裡，
也曾有過創造的欲望、
舞蹈的欲望嗎？

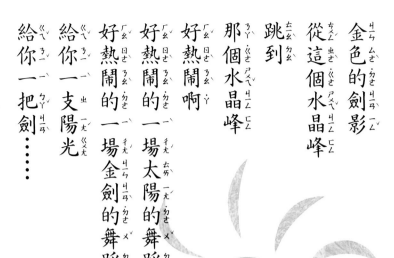

一半

睡一半的覺
是一半睡一半醒
起一半的床
是一半躺一半坐
洗一半的臉
是一半乾淨一半髒
吃一半的早點
是一半飽一半餓
上一半的課
是一半愁一半樂
回一半家
是一半遊遊蕩蕩
一半……什麼呢？

不好說
不好說
一半這
一半那
不是這
不是那
又是這
又是那
一半這
是要家中的溫溫暖暖
一半那
是要在家外
放開心懷　東轉轉西轉轉
無憂
無愁

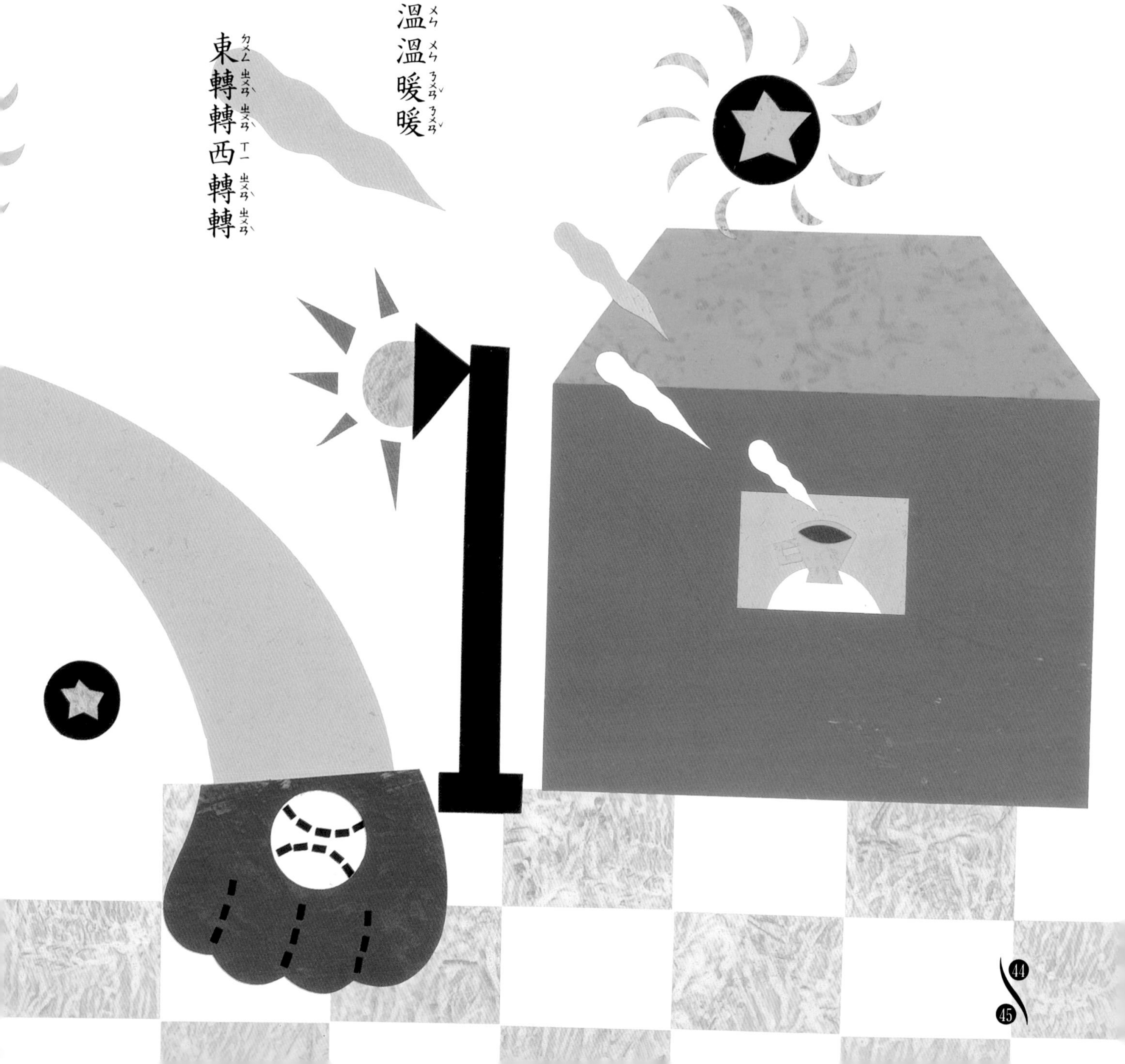

「一半」只是一種想法，
人為的想法，
譬如半杯水，
說它是一半滿沒有錯，
說它是一半空也沒有錯，
完全看你從哪個角度去看。

把書本放船

弟弟
跟著放學後的叫嚷聲
很快便到了河口
如此這般的
你拉我扯的
把書本通通放船
然後搬了許多石頭
硬要把它們打沉
好讓濺射
把許多髒話許多氣話
和爸媽老師的責罵
嘩喇嘩喇
濺成一種快樂

你想作者為什麼要
寫這樣一首詩？
你有沒有過相似的想法，
寫寫看，
把積壓在心裡的一些話
解放出來。

誰把天關起來啊？

是誰的一隻巨大的黑色的手
從沉沉的黑色的遠山的後面
伸出來　伸出來
伸過來　伸過來
由東邊
跨過高高高高的藍天
到西邊
然後
一手
把黑雲的幕邊抓住、抓住

是誰的巨大的黑手啊
那麼猛力的
一手抓住黑雲的幕邊
那麼猛力地一拉
就把天關起來了
就把天關起來了
是誰啊？

「是誰啊？」
小朋友，想想看。
天開天合，有一定的律動，
陽光有陽光的律動，
陰雲、或者下雨有陰雲、
或者下雨的時辰，
白天夜晚依時來去，
自然、世界就是這樣。

雲大人

媽，你看
不知道雲大人在急什麼
這麼匆忙的亂穿衣
那袖子從東邊天
伸到西邊天
都沒有穿上
左手穿了又穿
都穿錯了
讓袖子拂得一山的黑色
媽，你看
他竟然發脾氣了
兩管鼻氣這麼猛

圍前的籬笆都吹倒了
怎麼，這還不夠
比弟弟還要窩囊
還要哭起來
不得了啦，淚水那麼多
湖杯都滿出來了
等一會兒流入田裡
流到屋裡
怎麼辦啊
媽
那該怎麼辦啊

雲來萬嶺動，雲動雨來，
有時確是萬馬奔騰，
春雷夏雨，你一定也曾有所感，
回憶一下當時的情境，寫下來。

把耳朵貼在鐵軌上

小孩子，把耳朵貼在鐵軌上
你可聽見
千里外火車隆隆的震響？

小孩子，把耳朵貼在樹幹上
你可聽見
樹液慢慢高升樹身慢慢增長

小孩子，把耳朵貼在地面上
你可聽見
地心裡滾沸不停的岩漿？

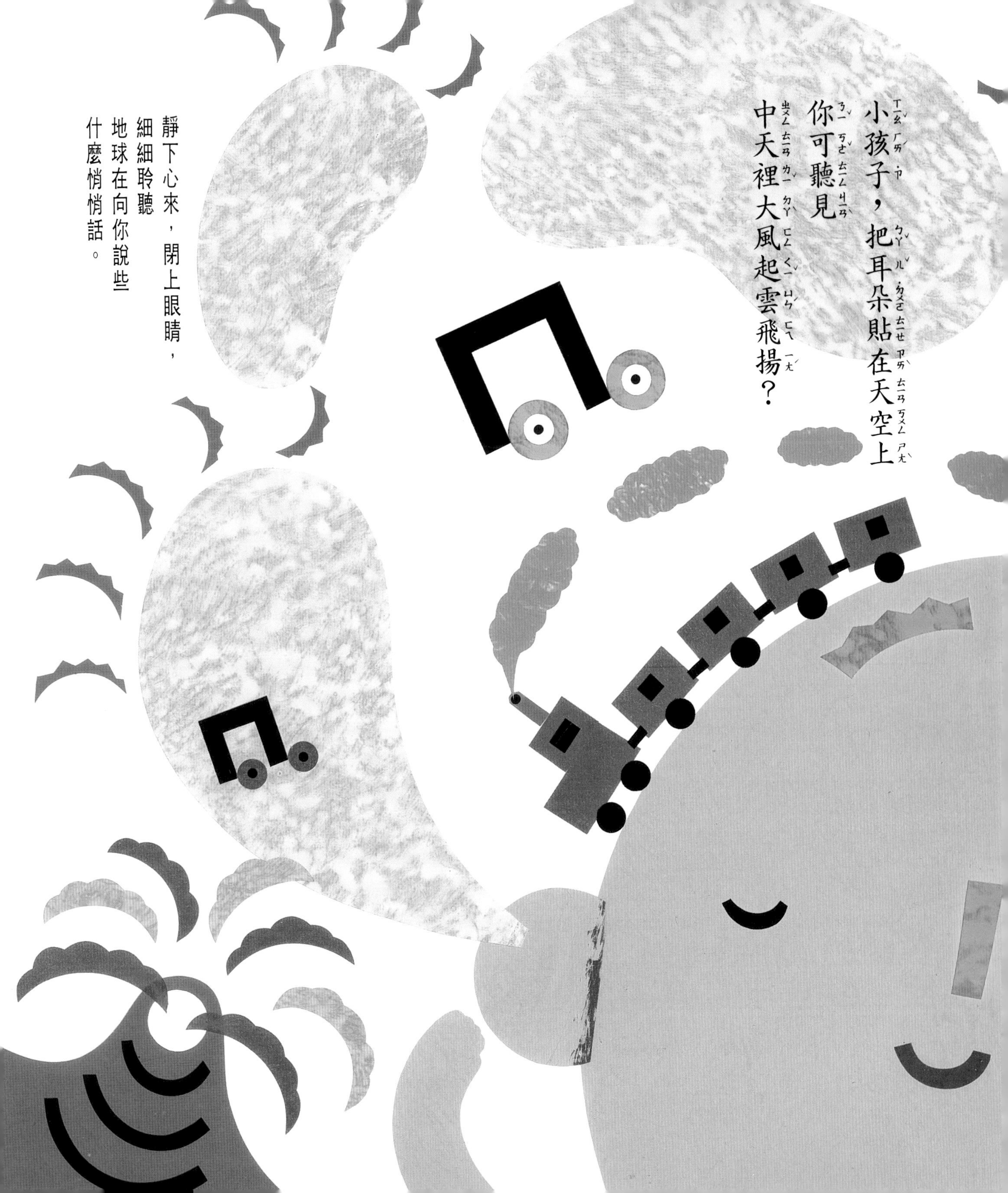

小孩子，把耳朵貼在天空上
你可聽見
中天裡大風起雲飛揚？

靜下心來，閉上眼睛，
細細聆聽
地球在向你說些
什麼悄悄話。

童年是——

（一）

童年是
終日無所事事
在門口靜坐、發呆、望入透明的空氣裡、望入迷茫的
遠山

（二）

童年是

終日無所事事

走上大街小巷向形形色色黑暗的屋裡探頭張望、聽深

深的黑暗裡一扇木門兀兀作響

（三）

童年是
終日無所事事
在廢屋破瓦間尋找門環、鑰匙等等而裝了滿口袋大大
小小奇花怪紋的蝸牛殼

（四）

童年是
終日無所事事
靠在溪邊看蝴蝶蜂鳥無名的飛蟲湧向沿溪高高低低盛
開的野薑花

（五）

童年是
終日無所事事
把衣服脫精光在溪水裡濺水追逐，在溪瀑下任水沖打
肌膚然後閉目遠遊到他鄉

（六）

童年是
終日無所事事
不知哼什麼那樣哼不知唱什麼那樣唱自自在在一步一
步踏出來的滿心的快樂

（七）

童年是
無所事事
躺在野花紅似火的山坡上看藍天裡白雲追趕著白雲或
躺在晒穀場上夜的大傘下數一夜也數不完的星星

正在享受童年的你，
要永遠記住你童年的事啊！
記住一些令你興奮的活動、
還有令你不易忘懷的人，
和你發明的一些遊戲……
童年一閃便去，
好好記住這些寶藏，
用文字，用詩。試試看。

寫詩的人

對一般讀者而言，葉維廉這個名字經常喚起這樣的聯想：嚴肅深刻、中西貫通的學者，或沉鬱的詩人。

很多人一定以為他是板起面孔、有板有眼的人。殊不知他在大學裡卻經常打破常規，帶學生到樹林裡、到海邊去上課，引發他們吟唱試驗、即興成舞、啞劇表達、即興寫詩、畫石成曲、因象成畫等等，朋友們都驚異他另一面的「活潑」。

他的童詩，包括《孩子的季節》和《樹媽媽》及《網一把星》，也是要透過其中事件如畫的戲劇的演出，利用音樂音色和律動的推動，激發孩子們釋放潛藏在他們心中活活潑潑的想像，和可以自由飛翔的心靈空間。

畫畫的人

陳璐茜

從小就能動能靜的璐茜，靜的時候，喜歡在家裡畫畫或做玩具玩；動的時候，則領著一大群同學去鬼屋探險；當這兩種個性合併起來時，她就提著自己做的柚子燈籠，到黑漆漆的小巷子裡，尋找恐龍蛋。

除了畫畫，璐茜很喜歡編故事。小時候，她和妹妹每天都要輪流說故事給對方聽。到了中學，國文老師甚至每週撥出兩堂課，讓她說故事給大家聽。

對璐茜來說，畫畫好像遊戲，說故事則是消遣，那麼她的工作是什麼呢？她說，大概是做夢吧！

創作量豐富的她，能畫也能寫，作品曾經得過日本ＫＦＳ全國童畫大賞入賞、信誼基金會兒童文學獎、中華兒童文學獎，而且舉辦過多次的個展及聯展。